Les

Minutes Parisiennes

Les Minutes Parisiennes

PIERRE VALDAGNE

4 HEURES

L'Essayage

Illustrations de BALLURIAU

GRAVÉES SUR BOIS

PAR BELTRAND ET DÈTE

PARIS

SOCIÉTÉ D'ÉDITIONS LITTÉRAIRES ET ARTISTIQUES

Librairie Paul Ollendorff

50, CHAUSSÉE-D'ANTIN, 50

1901

IL A ÉTÉ TIRÉ A PART

108 exemplaires sur papier de Chine,
et 28 exemplaires sur papier du Japon

Numérotés à la presse.

ès l'entrée, dans l'antichambre claire de Séquin, le célèbre couturier, Mme Mauvannes est accueillie par des sourires. Plusieurs jeunes filles nu-tête, alertes dans leur costume noir, la taille fine, le regard éveillé, la croisent et la saluent. Il y a dans ce salut, beaucoup de respect pour la cliente et un peu de complicité féminine. Et Thérèse Mauvannes, la femme de l'éminent et jeune praticien le Dr Mauvannes, dont le coup de bistouri est léger comme une caresse et ne coûte encore qu'une

dizaine de mille francs, ne déteste pas cette nuance

de familiarité. Un jour sa vendeuse, Mlle Alice, la voyant surgir, fleur vivante, des mains des essayeuses dans une robe de bal sensationnelle, avait osé dire à la

blonde jeune femme : « Oh ! Madame, Madame, vous êtes jolie

comme un bibelot ! » Devant ce cri d'admiration, et malgré la comparaison un peu risquée, Thérèse avait souri, très heureuse.

Cependant, elle a traversé la véranda toute garnie de fleurs et de plantes rares, coin charmant de légères causeries, et elle pénètre dans le grand salon; aussitôt une voix appelle :

— Mlle Alice, pour Mme Mauvannes!

Thérèse est dans le « temple ».

La pièce est immense, toute blanche avec ses boiseries ripolinées, ses hautes glaces, les stores de soie et de dentelles de ses quatre fenê-

tres. Tout autour, des banquettes, où des femmes sont assises. Au milieu un canapé circulaire disparaissant sous un amoncellement d'étoffes : des soies, des foulards, des linons, des dentelles! A droite, un large escalier, entre ses rampes légères, monte à l'étage supérieur, d'où se penchent, aux balustres de loggias intérieures, d'autres têtes de femmes rieuses ou affairées.

Et, dans une impalpable et fine poussière blonde, faite des molécules arrachées aux épais tapis ou aux tissus sans cesse maniés, dans un air amolissant et tiède, des femmes, des femmes, tout un essaim agité, bavard de femmes aux yeux brillants, aux gestes menus, des femmes presque toutes très jeunes — Séquin n'habille bien que les jeunes femmes — élégantes et parées, qui vont, viennent, regardent, touchent et interrogent. Parmi elles, comme de jolies esclaves actives et intelligentes, ces « demoiselles » très élégamment coiffées, la taille bien prise dans leur robe noire, l'œil éveillé, toujours souriantes.

Mlle Alice, qui vient de reconduire une des plus jolies actrices du Vaudeville, s'empresse vers Mme Mauvannes.

— Votre robe est prête, Madame!

— J'espère bien. Il me la faut demain. Mais dites-moi : C'est Mlle Desforets qui sort d'ici ?

— Oui, Madame.

— Qu'est-ce que vous lui faites ?

Mlle Alice explique et donne de grands détails.

Mme Mauvannes écoute passionnément.

Il s'agit d'une forme nouvelle de jupe, quelque chose de très hardi que va lancer M. Séquin pour cet été.

— Toujours collant ? interroge Mme Mauvannes.

— Sur les hanches et sur le ventre, oui.

Et Mlle Alice ajoute :

— Un modèle fait pour vous, Madame.

Puis elle continue ses explications : la jupe est double ; celle de dessus s'ouvre à la hauteur du genou pour laisser passer les mille petits plis de la seconde jupe plus ample et qui s'épanouit vers le bas comme les corolles d'une fleur renversée.

— Et le corsage ? demande encore Thérèse Mauvannes.

— Entre-deux de guipure, manches plates, courtes, avec sabot de soie et de guipure et épaulettes très légères.

Mais, Mme Mauvannes est curieuse :

— Est-ce qu'elle est bien faite, Jeanne Desforets?

— Elle est grande.

— Il me semble qu'elle a le dos rond.

— Peut-être un peu.

— Oui, je l'ai vue l'autre soir au Vaudeville : elle portait une robe de bal très ouverte et nous remarquions avec une amie, qu'elle avait le dos rond. Avec qui est-elle, maintenant?

— Je ne sais pas, Madame, on parle, ici, du comte d'Yvon.

— Alors elle a changé. Elle était cet hiver avec le petit Masselin, le fils du marchand de champagne, vous savez bien...

— Oh !... Madame, ça n'est plus lui. M. Eugène Masselin est avec Mlle Micmac des Folies-Bergère... une petite brune...

— Je la connais : je la vois au Bois : elle est jolie, mais elle ne sait pas s'habiller.

— Elle débute...

— Ça n'est pas une excuse. Est-ce vous qui l'habillez Mlle Micmac ?

— Oh !... non Madame !

Tout en parlant, Mlle Alice s'était approchée d'un jeu compliqué de tuyaux acoustiques communiquant avec les ateliers qui occupent toute la maison.

On allait descendre le costume de Thérèse.

ais deux femmes viennent d'entrer et, avec un petit cri de contentement, Mme Mauvannes se précipite à leur rencontre.

C'est son amie la comtesse d'Egriselles et la ravissante Gloria Pelham, l'américaine aux cheveux blonds, au teint éclatant, qui, pour sa première « saison » à Paris, obtient un succès sensationnel. Gloria est mariée au « Roi du Cuivre », qui est resté en

Amérique et a envoyé sa femme s'amuser à Paris. Pendant ce temps-là il défend ses milliards... et ce n'est pas une petite besogne!

Gloria Pelham, avec le sourire enfantin de sa bouche fraîche, a révolutionné les salons des deux « Faubourgs ». Grande, souple, faite à miracle, elle excite de vraies passions; mais elle passe au milieu des adorateurs, indifférente, comme sans comprendre. Cette américaine déteste le « flirt ». Elle ne déclare pas positivement que l'amour lui est désagréable, mais elle l'envisage complètement dépouillé de toute poésie et il paraît bien certain qu'elle ne peut livrer sa jolie personne qu'à un bon camarade devant qui on n'a pas à se gêner... Un mari est celui qui remplit le mieux ces conditions-là.

— Pas bête, cette éducation pour les femmes, disait à ce propos le vieux Président Montfavet. On leur apprend l'amour comme une chose si brutale et si crûment physiologique, qu'elles n'osent pas le faire dehors.

C'est la comtesse d'Egriselles qui s'est emparée de Gloria Pelham et qui la pilote dans Paris. Pour la première fois, elle l'amène chez Séquin.

Thérèse Mauvannes, un peu potinière, veut savoir quelles robes va se commander la jolie américaine... et c'est une liste terriblement longue !

— Je vais emporter beaucoup de choses. En Amérique, nous sommes encore très en retard, dit Gloria avec un léger accent. Ce qui nous manque c'est ce que vous avez à un degré si remarquable dans vos modes : la discrétion. Seulement si les Parisiennes ont des toilettes qui « n'insistent » pas c'est qu'elles peuvent les montrer à des gens qui « voyent » tout de suite. Ici, on n'est pas obligé de crier par-dessus les toits ; on comprend à demi-mot. Chez nous, ce n'est pas pareil. Nous ne manquons pas de goût, comme les Parisiennes nous en accusent quelquefois ; mais nous sommes forcées de souligner nos intentions : nous ne sommes pas encore assez aristocratisées pour risquer les demi-teintes, en rien. C'était aussi comme cela en Angleterre, il y a peu de temps. Mais déjà les Anglaises s'habillent beaucoup mieux. Je suis venue à Londres avec mon père il y a trois ans ; j'y ai trouvé des modes détestables ; je viens d'y passer le mois dernier et j'ai constaté un énorme progrès. Mais c'est Paris qui reste notre modèle.

Puis, s'adressant cordialement à

Thérèse Mauvannes, Gloria Pelham ajouta :

— Si vous voulez bien me donner votre avis tout à l'heure, vous me ferez si grand plaisir !...

La comtesse d'Egriselles et Gloria

Pelham ont la même vendeuse que Thérèse ; c'est Mlle Alice qui va s'occuper d'elles et Mme Mauvannes est si intéressée aux commandes de l'Américaine qu'il est entendu qu'on ne procédera que plus tard à son propre essayage.

Toutes les trois s'asseyent, Thérèse s'arme du face à mains qui ne la quitte pas et, attentives, silencieuses maintenant, elles examinent le « mannequin » qui s'avance.

our chaque saison les grandes maisons de couture de Paris préparent cent vingt ou cent cinquante modèles parmi lesquels les clientes peuvent choisir. Ce chiffre est énorme parce que les différences entre les modèles ne portent que sur d'infinis détails. Comme grande ligne, la mode de chacun de ces modèles est semblable. Elle se diversifie, suivant la nature des étoffes employées, à des ornements, à des adaptations d'une même « idée, » d'après le caractère de beauté, l'allure personnelle des femmes qu'il

faut habiller, d'après les circonstances où la toilette sera portée. Mais, sauf des modifications légères adoptées sur place, l'inspiration, la création d'une mode appartient en propre au couturier; les femmes se soumettent et approuvent.

On aimerait à voir quelque femme d'éducation raffinée et pénétrée d'un sentiment d'art supérieur inventer une mode et l'imposer aux élégantes. L'exemple ne s'en rencontre pas. Et si l'on réfléchit du reste à ce qu'est en réalité la mode, il faut convenir qu'elle exclut toute particularité tranchée et ne laisse guère de place à une initiative personnelle.

Si non par le joli détail d'une garniture, par une nuance plus délicate et plus rare, toutes les toilettes d'un dîner seront faites d'après deux ou trois modèles, sans plus ; et, d'une façon essentielle, quant au caractère même du costume, et à son « époque », toutes les robes se ressembleront. Vous ne verrez jamais, en même temps, une robe fourreau et une robe à paniers, des manches larges et des manches serrées, la taille courte et la taille longue. Au moins jusque-là, toute femme restèra l'esclave de la mode : une velléité d'indépendance la singulariserait aussitôt et la ferait paraître prétentieuse ou ridicule. Si bien qu'il y a une certaine *simplicité* à s'habiller suivant la

dernière mode, puisque le contraire deviendrait vite de l'excentricité.

Mais cet accord sur une mode, ce ne sont pas les femmes qui le peuvent établir, et elles s'en remettent à quelques « princes des élégances » dont le goût est rarement en défaut, avouons-le.

Depuis quelques années les femmes sont merveilleusement habillées, et de ces petits êtres parés pour la plus grande joie de nos yeux, se dégage une impression d'art subtil et charmant, dont l'instabilité et la fragilité mêmes augmentent l'attrait singulier.

Or, pour faire passer sous les yeux des clientes, les différents modèles sur lesquels elles fixeront leur choix, les couturiers en habillent des femmes vivantes sur lesquelles vivront les costumes.

Le « mannequin » est une jeune fille toujours jolie et toujours bien faite. On ne lui demande guère autre chose. Elle ne doit ni parler, ni s'asseoir. Sa fonction est de se promener revêtue de soies et de dentelles.

Et dans le grand salon ou dans les vastes couloirs des salons d'essayage, au milieu des dames en costume de ville discrets et en tailleurs sobres, c'est un spectacle amusant que de voir aller et venir d'un pas automatique et lent, les « mannequins » qui présentent des robes de soie rose à longues traînes, des brocards éclatants, des linons légers, fanfreluchés, clairs, les imaginations paradoxales de la mode de demain, jupes, corsages, manteaux, pèlerines, et s'en vont et reviennent, s'arrêtent et repartent, avec un air de femmes déguisées.

La psychologie du « mannequin » serait à tenter. C'est un métier qui, comme tant d'autres, conduit à tout, à la condition d'en sortir. Ces demoiselles en sortent souvent. Il est impossible d'exiger une farouche vertu de femmes qui sont pauvres et qui, toute la journée, sont enveloppées d'élégance et de luxe. Le con-

traste entre leur vie réelle et le rôle

qu'elles jouent est trop violent. Puisque l'influence de la toilette sur le moral est incontestable et qu'une femme ressent d'autant plus d'aise, d'assurance, de souplesse et d'énergie, qu'elle est mieux mise et coquettement parée, comment exiger de ces pauvres et jolies filles un équilibre moral que tout vient bousculer autour d'elles, et une sagesse que mille exemples leur montrent comme une duperie. Surtout elles ne font rien! Les soucis et la fatigue des durs labeurs ne les sauvent pas, comme quelques autres! Elles sont oisives. Leur fonction est de s'habiller, de se déshabiller et d'être séduisantes.

Aussi bien, leurs traits prennent

une expression particulière. Elle frappe par un aspect d'inertie et de dureté. Vous ne rencontrerez pas, chez le « mannequin » ces petites

frimousses éveillées, amusantes qui ne sont pas rares chez les ouvrières parisiennes. Folles de leurs corps,

peut-être, avides de la revanche des longues et dures journées d'aiguille, gourmandes, rieuses, les ouvrières sont sans résistance devant un bon dîner, le bal ou une partie de campagne. L'amant est celui qui distrait; il est presque toujours aussi celui qui aide, mais non celui qui « entretient ». L'ouvrière est plus désintéressée, elle peut aimer et rendre du dévouement pour un peu d'affection dont elle a besoin.

Le « mannequin » dont le métier est de vivre périodiquement et régulièrement dans le décor des femmes heureuses et riches ne se contente pas à si peu de frais. Dans ses yeux, aucune ingénuité, aucune flamme de gaie malice. Il épie, il attend, il guette l'occasion favorable et traîne jusqu'à ce qu'elle soit venue, un ennui impatient et lourd. La haute galanterie guette ces femmes et elles seront impitoyables dans la rancœur de leurs humiliations, de leurs ambitions exaltées le jour, refoulées le soir, de leur souffrance à reprendre la pauvre robe qui est la leur, après avoir fait honneur aux splendides parures qu'il faut quitter la journée finie.

Pendant que la vendeuse, la première et les essayeuses s'empressent autour de la cliente, luttant de

complaisance, de patience et de bonne volonté, le mannequin passe et repasse, silencieux, presque hautain. Il semblerait que c'est pour se guinder professionnellement jusqu'à l'allure des femmes élégantes et pour faire valoir les costumes; mais en réalité et tout au fond de leur cœur, ces jeunes filles n'admettent aucune inégalité entre les acheteuses et elles-mêmes; un hasard peut changer les chances : Qui sait? L'amant de l'actrice qu'on habille sera peut-être leur amant demain, et demain, peut-être aussi, le mari de la femme qui les fait tourner sous ses yeux, les aidera-t-il à sortir de la « boîte » qu'elles détestent, et leur meublera-t-il l'appartement rêvé.

Devant Thérèse, devant la comtesse d'Egriselles, devant Gloria Pelham, les mannequins défilent. Gloria commande et commande encore ; elle trouve tout charmant. La vendeuse prend des notes et conseille :

— Pour vous, Madame, je changerai ces manches. Je prendrai le modèle du corsage bleu que vous avez vu tout à l'heure. Vous avez le bras rond et plein et il faut le faire valoir. — Que pensez-vous du décolletage ?

Alors la comtesse d'Egriselles intervient et l'on discute sur des centimètres. Gloria, qui s'amuse follement, n'est prête à aucune concession ; son amie est plus sévère.

— Pensez, Gloria, que cette jeune fille a beaucoup moins de poitrine que vous. Je trouve ce corsage déjà très ouvert, pour une robe de dîner.

— C'est à décider à l'essayage, prononce Mme Mauvannes ; c'est sur vous que vous pourrez seulement juger de l'effet exact.

— Mais pour mes deux corsages de bal, je les veux très bas. On m'a dit que j'avais un joli dos.

Et, s'adressant à la vendeuse.

— Avez-vous un modèle, en mousseline ?...

Mlle Alice donne un ordre et pendant qu'un mannequin s'apprête, elle pose à Gloria quelques questions indispensables :

— Vous portez une combinaison, n'est-ce pas ?

— Parfaitement, mademoiselle.

Il y a toute une partie mystérieuse et charmante dans la toilette d'une femme ; ce sont les « dessous ». Comme on enveloppe de papiers de soie certaines fleurs fragiles, des roses embaumées, des orchidées pré-

cieuses, le corps des femmes s'entoure d'abord du nuage tiède et caressant d'une fine lingerie. C'est la chemise arachnéenne, l'écrin satiné du corset, le pantalon en linon enrubanné, et les mille inventions délicieuses des jupons de mousseline à petits plis, à entre-deux de dentelles, à volants, des jupons de soie pâle aux couleurs mourantes et comme pâmées. C'est là, entre la peau nue et le costume souvent très simple, toute une joie de tissus délicats et souples, d'une fantaisie capricieuse, virginale ou provocante, discrète ou bavarde. Le mari — parfois — et l'amant, en connaissent seuls le

charme puissant. Les autres, doivent se contenter d'en deviner l'invisible enveloppement au parfum léger qui s'en dégage, à moins qu'au hasard d'un retroussé rapide, lorsqu'une femme monte en voiture, ils n'en puissent saisir l'éclair multicolore et instantané.

Mais un jupon, quel que soit l'art avec lequel la faiseuse en ait porté l'ampleur vers le bas, n'en est pas moins une épaisseur d'étoffe de plus à l'endroit de la taille. Négligeable, croyez-vous ? oh ! que non pas, lorsqu'il s'agit de la taille d'une femme ! Et puis ne suffit-il pas du moindre pli pour faire remonter une taille, ou pour détruire la ligne de la robe qui doit coller exactement depuis le dessous du bras jusqu'au dessous des hanches.

Alors les femmes, carrément, ont supprimé le jupon! Quelques-unes même, ont osé, pour le bal, supprimer la chemise! De là naquit cette chose-atroce : la « combinaison ».

Une combinaison, ce n'est qu'un maillot de soie très collant qui part du genou et s'arrête tout juste à l'endroit où commence le corsage. C'est une dernière concession que font les femmes avant de prendre le parti radical de se mettre nues à même leurs robes. Avec la combinaison, pas de jupon, jamais ; pas de pantalon, elle le remplace et c'est, au propre, sa seule raison d'être; le moins possible de corset, et pas de chemise, elle est en effet inutile.

— Qu'y perdez-vous ? demandait une entraînante cotillonneuse à son cavalier, c'est comme si vous me teniez toute nue. Plaignez-vous donc !

— Bon pour moi ! mais pensez un peu à celui qui va vous déshabiller, tout à l'heure.

— Mais personne ne me déshabillera, cher Monsieur.

— C'est bien ce que je pensais : allumeuse, mais pas amoureuse ?

— Il n'y a que ça d'amusant !

ais le mannequin est prêt... il passe. Thérèse Mauvannes a une exclamation :

— C'est délicieux !

Et Gloria et la comtesse d'Egriselles répètent que c'est délicieux.

C'est une robe de mousseline de soie blanche sur transparent rose, incrustée de dentelle et de roses pailletées d'or; c'est une gaine transparente sous laquelle se meut, respire, palpite, ondule un corps de femme. Sur le bras, un étroit velours noir accuse encore la presque nudité du buste.

Gloria se penche vers Mme d'Egriselles.

— Elle est jolie, cette petite.

— Peuh !... regardez donc les mains !

Et, tout aussitôt, Gloria commande la robe. Puis, elle interroge sur une sortie de bal.

Et de nouveau, devant les trois femmes, les mannequins défilent.

La jolie américaine s'est levée. Avec sa vendeuse, elle fait à présent des comptes.

— Une robe de bal à 2 000 ; deux à 1 300. Les deux robes de dîner à 1 500 francs... La sortie de bal renard bleu 4 000, trois tailleurs à

800 francs, l'un dans l'autre, six che-

misettes de 150..... tout cela doit faire 14 900 francs.

— C'est très bien, Mademoiselle, dit Gloria, je paye en un chèque le jour où vous livrez. Quand puis-je venir essayer ?

— Après-demain à trois heures !

Mme d'Egriselles et Gloria s'en vont : elles s'excusent auprès de Mme Mauvannes de l'avoir si longtemps retenue auprès d'elles.

— Mais j'ai été si heureuse, chère Madame, d'avoir votre goût !... dit Gloria en souriant de ses dents blanches. Et elle ajoute :

— Maintenant, nous allons aux chapeaux, chez Elisa.

Dans l'antichambre, Mlle Alice interpelle deux jeunes filles pen-

chées sur de grands registres :

— Inscrivez rendez-vous d'essayage pour Mme Pelham avec Mlle Berthe pour les robes de bal et avec M. Ernest pour les « tailleurs ».

t, rentrant aussitôt dans le salon, la vendeuse s'empresse de nouveau auprès de Thérèse.

— Maintenant, je ne vous quitte plus !... Cette dame américaine ne manque pas de goût... n'est-ce pas Madame ?

— Elle m'a amusée, déclare Mme Mauvannes. Mais quelle fortune elle doit avoir !...

— Elle est très riche, en effet.

— Ce sont d'excellentes affaires pour une maison comme la vôtre...

— Mme Pelham sera une bonne cliente, j'espère. Nous la connaissons et, depuis quelque temps, elle a sa fiche ici...

— Quelle fiche ?

— Nous établissons une fiche pour toutes les femmes riches qui sont à Paris ou passent par Paris. Si une jeune fille pauvre épouse un homme très riche, nous l'inscrivons sur une de ces fiches ; également, si une américaine milliardaire épouse un français sans fortune ; alors nous les guettons, nous les attendons et quand elles viennent pour se faire habiller, nous n'avons pas de renseignements à prendre ; les renseignements sont pris d'avance.

— Et si elles ne viennent pas ?

— Nous nous arrangeons. Il est rare que parmi nos anciennes clientes il n'en soit pas quelqu'une qui connaisse, au moins un peu, ces nouvelles venues parmi les élégantes ; nous tâchons qu'elles nous les amènent une première fois.

— Moyennant commission ?

— Toujours... une réduction de facture, un arrangement...

— Est-ce que Mme d'Egriselles, qui vous a amené cette américaine...

— Oh ! Madame, je ne sais pas, moi... je ne sais jamais ces choses-là...

— Soit ! dit en souriant Thérèse... C'est parce que si, un de ces jours, je vous amène, moi aussi, une jeune mariée...

— Il faudra en parler à M. Séquin.

— Dites-moi encore, interroge Thérèse... vous avez des fiches pour les clientes authentiquement riches, en avez-vous pour les mauvaises clientes, pour celles qui ne paient pas ?

— Il y a le livre noir, oui, Madame.

— Vous l'avez vu ?

— Une fois, je l'ai feuilleté...

— Et il contient des noms qui peuvent surprendre, n'est-ce pas ?

— Ah ! oui, alors ! laisse échapper Mlle Alice.

— Est-ce que les actrices ne payent pas très mal ?

— Les actrices ne payent pas très régulièrement. Il y a de mauvais moments ; mais elles finissent par payer, un jour ou l'autre.

— Est-ce qu'elles payent elles-mêmes ou par chèque signé du protecteur ?

— Elles payent elles-mêmes. Quand un monsieur tient à venir payer lui-même une note de couturière ou de modiste, c'est qu'il n'a plus grande confiance, déjà, et c'est à ce moment-là que nous commençons, nous aussi, à ouvrir l'œil. Mais, Madame, cela arrive aussi pour des dames du monde !...

— Vous me rassurez, Alice, dit en riant Mme Mauvannes, et elle passa dans le salon d'essayage.

ant qu'il ne s'agit que de choisir une robe, de faire évoluer sous leurs yeux un mannequin vêtu de soies ou de mousselines, les femmes restent gaies et bavardes. L'aspect inédit des nouvelles modes, la joliesse des étoffes les amusent; elles choisissent leurs armes dans une animation heureuse.

Mais, ces mêmes armes, elles les essayent avec gravité.

Les grands salons du couturier sont remplis de murmures, de rires et d'agitation. Le petit salon d'essayage, avec ses hautes glaces en triptyques, demeure un lieu de travail attentif où personne ne songe

plus à s'amuser. Avec Thérèse Mauvannes et Mlle Alice, deux femmes ont pénétré : la première et une essayeuse.

Thérèse est devenue sérieuse : il s'agit d'une robe de dîner qu'elle veut parfaite. La robe est là, sur un fauteuil. Thérèse en prend le corsage et, attentivement, l'examine ; la doublure de soie blanche l'occupe longtemps, les manches, le dos largement décolleté.

— J'ai fait faire un bouillonné de tulle très joli, dit Mlle Alice ; nous le poserons sur vous.

— Allons ! prononce Mme Mauvannes et, d'un petit geste résolu, elle commence à se dévêtir.

— Une chose m'ennuie toujours

ici, ajoute-t-elle, c'est que les portes de vos salons n'ont pas de verrou. Tout le monde peut entrer !

Mlle Alice répond :

— M. Séquin a toujours refusé d'en laisser mettre.

— Je voudrais bien savoir pourquoi. Rien que l'idée que cette porte peut s'ouvrir, me gêne énormément.

— M. Séquin ne veut pas qu'on s'enferme.

— Je comprendrais encore cela, si une dame voulait s'y enfermer avec un monsieur. Mais il n'entre pas d'homme ici, n'est-ce pas ?

— C'est très rare.

— Quoi ?... très rare ?... Ça se produit quelquefois.

— Une fois, l'année dernière, Madame. Une de nos clientes est venue avec un ami... un ami très épris d'elle, très amoureux, un peintre qui avait dessiné un costume et tenait à assister à l'essayage.

— Eh bien... ce qu'il a dû la raser, la pauvre petite !... Non... essayer devant un homme, mari ou amant, jamais je ne m'y résoudrais ; voilà une chose où je n'aime pas qu'un homme vienne mettre son nez. Du reste, je n'en comprends pas plus la défense du verrou. S'il y a un moment où une femme pense à autre chose qu'à des bêtises, c'est bien à ce moment-là !

— Il faut tout prévoir dans une

maison qui tient à sa parfaite honorabilité.

— Oh !... un homme en un an...

— Il n'y a pas que les hommes, Madame...

Le front de Thérèse se plisse ; elle fait un effort pour comprendre : puis sa bouche esquisse une petite grimace de dégoût et, sans insister :

— Voulez-vous m'aider, Mademoiselle.

Le corsage est enlevé ; la jupe dénouée tombe aux pieds de la jeune femme ; l'essayeuse prépare la robe nouvelle pendant que la première donne ses soins au corset de soie bleu pâle, le remet bien en place, en serre un peu plus le long lacet et dispose minutieusement dans les tièdes coussins, la chemise endentellée et neigeuse de Thérèse attentive.

Puis la robe est passée.

Ah ! certes, Thérèse Mauvannes a raison ! Pendant son essayage une femme n'a guère l'esprit à des bêtises. C'est une grave besogne !

Elle est debout, et elle s'examine dans la glace.

A ses pieds l'essayeuse rectifie un pli, bâtit une garniture ; la première examine, dit un mot, et fait recommencer. Mme Mauvannes attend, silencieuse en se regardant.

La jupe est un peu longue ou elle est un peu courte ; ou elle tombe mal, cette jupe :

— Madame, on les fait très longues !... le grand chic c'est de s'embarrasser les pieds dedans.

Pourtant il y a quelque chose à rectifier sur les hanches, et les mains s'appliquent, les doigts décousent, épinglent, arrangent. Thérèse, debout, se tourne et se retourne les yeux sur la glace qui tient tout le mur.

Le corsage, c'est la grosse affaire ! La taille est trop haute ; la taille est trop large, — il est très rare qu'une taille soit jamais trop serrée

— et, de nouveau, l'essayeuse défait, épingle et moule l'étoffe sur le buste de sa cliente. Les manches sont d'une élaboration très lente.

— Je ne peux pas bouger là dedans, se plaint Thérèse... Vous savez que je ne veux pas être gênée sous les bras. Le corsage ne monte pas assez...

Et elle lève un bras, puis l'autre ; l'étoffe craque ; il y a un « petit côté » qui gode !

Toujours debout, Mme Mauvannes s'applique.

Non, non... elle ne songe guère à s'amuser et son esprit n'est pas

porté aux douces subtilités du flirt.

Pensez donc qu'on essaye le fameux bouillonné !

— Oui... c'est assez heureux ! Vous me le réserverez, n'est-ce pas Mademoiselle...

— Nous ne le ferons que pour vous, Madame !

Thérèse bâille un peu ; elle pâlit, mais elle ne peut pas s'asseoir encore ; les femmes sont autour d'elle, maniant les étoffes, disposant les draperies, remontant une emmanchure, descendant un décolletage. Pour l'épaule, que va-t-on choisir ? un nœud de rubans, ou un papillon de dentelles, ou un flot de mousseline ?

L'hésitation est grande, car l'un est aussi joli que l'autre...

L'atmosphère dans la petite pièce s'échauffe, se charge d'une odeur entêtante, une odeur de peau nue mélangée à de légers parfums. Pendant une grande heure, Thérèse Mauvannes est restée sur ses petits pieds, livrée à ses essayeuses. Son esprit s'est tendu de toute son énergie dans cette élaboration difficile et pas une fois, elle n'a souri.

Maintenant qu'elle a repris son coquet tailleur et qu'elle met lentement sa voilette, sa figure retrouve un peu de son animation et de sa gaîté. Pourtant elle se sent lasse, et

elle s'assied pour faire ses der-

nières recommandations. Demain

elle viendra essayer encore... un dernier coup d'œil sur le corsage qui lui laisse des inquiétudes.

Et, dès qu'elle est dans la rue, Thérèse ne songe plus qu'à une chose, c'est qu'elle a grand' faim et que ce sera très bon la tasse de thé qu'elle va prendre avec de petits gâteaux secs qu'elle affectionne. Mais elle flâne encore et s'attarde à quelques devantures merveilleuses !

certaine heure de la journée, chaque rue de Paris revêt son caractère particulier, atteint à sa plus expressive physionomie. Les quartiers de la Ville immense, comme les organes d'un corps vivant, accomplissent, à des heures successives, leur fonction essentielle dans le mécanisme qui fait la vie de la cité.

Il faut voir les Halles au petit jour, la Bourse à une heure, les Boulevards à sept heures du soir, Montmartre la nuit.

Et il faut jouir de l'heure incomparable de quatre heures dans cette rue de la Paix qui ne s'active qu'aux choses de haut luxe, et où les affaires, n'intéressant que de somptueuses élégances, attirent la foule coquette et riche des femmes en souci de beauté. L'heure n'est pas encore celle de la promenade ou des visites et ce n'est pas une heure d'oisiveté.

Dans la rue large et baignée de lumière, une triple rangée d'équipages s'aligne dans l'attente.

Ici, point d'omnibus ou de tramway démocratique. Le coupé qui glisse sur ses roues caoutchoutées n'ébranle pas la chaussée presque silencieuse. De chaque côté se succèdent d'attirantes vitrines parées avec ingéniosité : bijoux magnifiques, pierres éclatantes et pures, lourdes perles, colliers et diadèmes... des fortunes s'amoncellent dans les écrins ouverts. Plus loin c'est la merveille d'une lingerie délicieuse ; c'est la caresse des batistes et la douceur des dentelles. Une étrange volupté émane des pantalons fanfreluchés, des chemises chastes ou provocantes. Quelques-unes, placées sur des mannequins, nouées à l'épaule d'un mince ruban, semblent gainer, en la transparence des guipures, des seins vivants et palpitants, tandis que, vers le bas, elles tirebouchonnent, autour du pied qui

les soutient, leur tissu subtil et tentateur. Au contraire, les longues

chemises de nuit, au col montant, aux manches tombantes, opposent une assez paradoxale impénétrabilité. D'où cet enseignement, peut-être, que, dans la vie mondaine, la nuit n'est pas faite pour l'amour.

Ou encore que la nuit appartient à de négligeables maris.

Ou enfin, comme le disait une très authentique et mignonne comtesse toute fraîchement mariée, que « plus une chemise est gênante et mieux ça vaut, parce que plus vite on la retire ! »

Et sur le large trottoir, entre les voitures arrêtées et les boutiques admirables, d'un petit pas ferme, fines et jolies, les femmes vont chercher un prétexte à un caprice, un sujet de tentation, l'éveil d'un nouveau désir.

hérèse Mauvannes traverse l'aristocratique place Vendôme, et gagne les arcades de la rue de Rivoli. Un instant elle contemple, là-bas, sous le soleil qui s'abaisse, les dômes de verdure tendre des Champs-Elysées ; plus près, barrant à demi l'entrée même de la place de la Concorde, la ligne d'architecture imposante et gracieuse de la colonnade du ministère de la marine, donne à ce coin unique de Paris un aspect de rare grandeur.

Mais il semble que l'heure presse la jeune femme et, délibérément, elle ouvre la porte d'une boutique dont les hautes glaces sont tendues de stores « liberty ».

Autour de tables rondes, plusieurs femmes prennent du thé. Elles sont assises dans de grands fauteuils de jonc. Autour d'elles circulent de jeunes maids anglaises, proprettes et accortes, sous leur tablier à bavette, dont les bretelles à larges volants semblent de petites ailes éployées.

Mme Mauvannes inspecte la salle rapidement et se dirige vers une table occupée déjà par une dame en cheveux gris et un jeune homme d'une tenue raffinée, qui se lève aussitôt. C'est Mme d'Hespel, la marraine charmante de Thérèse, une femme d'esprit, indulgente et bonne, et Férottes, le jeune auditeur au Conseil d'État, le flirt reconnu de Mme Mauvannes.

Thérèse prononce :

— Je suis brisée !

— Les jeunes femmes d'aujourd'hui, dit Mme d'Hespel, sont toujours fatiguées. Nous étions, de mon temps, bien plus disposes... et nous n'étions pas moins actives.

— Vous ne meniez pas la vie éreintante que nous menons, marraine.

— Et pourquoi non ? Nous ne nous couchions pas plus tôt, nous dînions aussi souvent en ville et nous allions beaucoup plus au théâtre.

— Parions que vous évitiez les abominables stations debout des essayages.

— Bah !... nous étions coquettes, ma petite, nous aussi ; seulement nous étions presque toujours de bonne humeur, et la bonne humeur c'est cela qui donne du ressort et de l'énergie. Vous, vous êtes d'une génération maussade. Vous supportez la vie : elle vous embête. Quand j'étaïs jeune, je m'amusais de tout.

— Je meurs de faim, marraine. Quand j'aurai pris mon thé, je serai de meilleure humeur. Qu'est-ce que vous racontiez avec Férottes, quand je suis arrivée ?

— Nous causions politique. Ton Férottes est l'être le plus réactionnaire que je connaisse !

— Votre marraine est anarchiste !...

— Prends ton thé, ma chérie, et

viens avec moi faire un tour au Bois... tu n'as pas ta voiture... je t'emmène !

Mais Thérèse ne veut pas. Elle a encore deux visites à faire... et Mme d'Hespel se lève, sans insister, avec un petit sourire, en regardant Thérèse et Férottes qui paraissent avoir grande envie de se trouver seuls. C'est l'heure du flirt.

Mme d'Hespel pense que Thérèse a un mari abominablement occupé; que Férottes est un gamin spirituel et très séduisant! Elle ne comprend pas du tout, au reste, ce que c'est que le flirt, qui lui semble une chose très compliquée et même monstrueuse. Certaines conversations entre un homme et une femme, certains frôlements, certaines excitations cérébrales, lui paraissent aussi criminels, au moins, que des actes justifiés par un généreux emballement réciproque... Elle-même, mon Dieu !... au commencement de l'Empire,... mais elle admet que les mœurs changent avec le temps et puisque le chatouillement malsain, mais sans conséquences graves du flirt, plaît tant aux jolies mondaines d'aujourd'hui, elle ne sera pas une empêcheuse.

Ce qu'elle ignore c'est que Férottes et Thérèse n'en sont plus au simple flirt. Il y a à Paris beaucoup moins de flirt qu'on ne suppose et la nature sait revendiquer ses droits. Le

flirt de Thérèse et de Férottes, flirt

reconnu et respecté par tous, leur permet de s'isoler dans un salon, de se retrouver dans un garden-party ou dans une loge à l'Opéra : on ne s'en étonne pas ; on les laisse tranquilles ; on dit : ils sont *flirts ;* et on pense... ce qu'on veut.

Et tous les jours, ou presque, vers les quatre heures, les amoureux se rejoignent en des endroits divers.

uatre heures, c'est une heure dangereuse pour les raseurs et les gaffeurs. C'est, dans toute la journée, la minute critique où l'on ne sait jamais si une femme veut être rencontrée,

abordée, saluée. Il faut, pour éviter

de lui déplaire, jouir d'un flair particulier; évaluer d'un coup d'œil la rapidité de son allure, juger de ce qu'il y a de sincère ou de voulu dans son petit air préoccupé. La femme qui va à un rendez-vous amoureux ne marche pas comme la femme qui va essayer un chapeau ou voir une amie. Il y a certains quartiers, certaines rues où vous devez savoir qu'il est anormal de rencontrer telle ou telle femme : cela dépend de ses relations, de ses habitudes. Il est bon d'être le plus possible renseigné sur ses amitiés afin d'éviter la fatale gaffe. Dans tous les cas, vers les quatre heures, un homme du monde pourra à la rigueur risquer le coup de chapeau ; mais il ne se croira jamais autorisé à accompagner une femme, ne serait-ce que pendant vingt-cinq pas.

C'est l'heure où les femmes jouissent de leur plus entière liberté, l'heure où toutes leurs démarches échappent à un sérieux contrôle. Après le déjeuner, elles ont à expédier les courses indispensables : vers cinq heures il faudra qu'elles se montrent en visite dans des salons, ou qu'on les voie au Bois. Mais, à quatre heures, leur piste est perdue et c'est l'heure des rendez-vous et des garçonnières.

Je n'ose pas dire l'heure de l'amour. Dans ces rencontres des amants, rapides et furtives, il n'y a ni emballement, ni illusion. Chacun sait de quoi il retourne; personne n'est disposé à faire de grands sacrifices, et les baisers qu'on échange ne sont accompagnés d'aucuns solennels serments.

La femme mariée, la femme du monde, la petite bourgeoise oisive et fêtarde, ne met guère dans ses amours de poésie ni d'ignorance. Elle connaît les hommes qui l'entourent, elle sait leurs liaisons passées, elle est renseignée sur leurs performances. Dans les conversations, on cause beaucoup de ces messieurs, et

sans guère de circonlocutions ni de

réticences ; elle les prend donc comme ils sont. La grande passion d'un brave garçon romanesque, l'effraierait, car elle ne veut commettre aucune imprudence. Il serait capable d'être jaloux, d'exiger trop de son temps, de trouver une toilette excentrique ou de blâmer certaines fréquentations douteuses ! Et, jolie petite poupée pratique, elle préfère l'amour sans amour, avec quelqu'un qui ne lui donne que ce qu'elle lui donne et qui n'a, dès lors, aucun droit d'exiger plus. C'est brutal, soit; c'est une corvée, souvent; ça se passe en une heure, dans un cadre quelconque s'il n'est pas vulgaire ou infâme... peu importe, car c'est un amour qui n'engage pas, et tout est là.

Au reste, il donne aux deux « adversaires » toutes les satisfactions qu'on lui demande.

Pour *lui*, c'est la satisfaction de son désir souvent court, et de son amour-propre si la jeune femme a des succès mondains.

Pour *elle*, c'est l'amant, l'homme qui la flatte et la cajole, celui qui lui fait des compliments et l'admire. S'il occupe dans le monde une situation enviée, s'il est glorieux, puissant ou riche, son grand bonheur, à elle, sera dans la jalousie qu'elle inspire à ses amies les plus chères. Aussi c'est à peine si elle cache une liaison aussi avantageuse et elle encourage tous les potins par d'adorables inconséquences. Quelques-unes — très peu — trouvent chez leur amant la satisfaction nécessaire à un solide tempérament : d'autres y cherchent l'ami qui les aidera à dissimuler au mari, souvent gêné, quelque dette de fournisseur. Mais la plupart acceptent l'adultère par désœuvrement, curiosité, et veulerie. Et l'on pourrait compter celles qui, de 4 à 5, se déshabillent pour leur amant, dans un sincère élan d'amour.

Il en est qui n'acceptent cette corvée d'un déshabillage supplémentaire que fort impatiemment et j'ai eu sous les yeux une lettre dont

je transcris ici la confidence qui me paraît remplie d'enseignement.

« Ma chérie,

« J'ai fini par céder aux instances du beau X... Il est si entêté que je ne me débarrasserai pas de lui sans ça ! C'est demain le grand jour, à quatre heures, chez lui. J'irai sans émotion, comme tu peux croire, et j'ai posé mes conditions. Une d'elles l'a fort surpris : c'est quand j'ai exigé la présence, chez lui, d'une femme de chambre discrète mais adroite. Je t'avoue que je ne me sentais pas le courage de me déshabiller et de me rhabiller toute seule, une fois de plus, dans la journée, comme je l'ai fait pendant deux mois tous les jours pour le petit Lionel. J'ai expliqué cela à X... qui a été long à comprendre. Je lui ai dit : « Comptez avec moi. Je sors de ma robe de chambre pour prendre mon bain ; ça va vite, mais ça fait une fois tout de même. Je sors de mon costume du matin pour essayer chez mon couturier; ça fait deux. Je sors de ma robe de visites pour mettre ma robe de dîner ; ce qui fait trois ; je me déshabille presque tous les jours pour le bal ; ce qui fait quatre et, cette robe de bal, il faut encore que je la retire pour me coucher, ce qui fait cinq.

Tout cela est éreintant... et ma

femme de chambre ne me quitte pas! Si vous voulez, mon cher, que je me

déshabille une sixième fois pour vous, il faut qu'on m'aide. » J'ai ajouté : « Je ne sais pas si vous dé-
« coiffez beaucoup vos amies ; mais
« je vous préviens que je ne sais
« pas me coiffer moi-même et, là
« encore, il me faudra des mains
« expertes. » Crois-tu qu'il a osé m'assurer qu'il ne me décoifferait pas du tout ! J'ai répliqué que ça dépendait de moi autant que de lui ; qu'il ignorait mes façons de faire, que je le trouvais très osé de préjuger ainsi de mon immobilité à moi, en admettant qu'il fût si sûr de la sienne... enfin nous avons ri et c'est un amour qui ne commence pas par

de grandes phrases, ni par de grands sentiments... Enfin ! »

hérèse Mauvannes appréhendait sans doute, ce jour-là, le sixième déshabillage ; elle souriait à Férottes, mais ne semblait pas pressée d'achever sa tasse de thé.

— Vous êtes gentille d'avoir refusé à votre marraine de l'accompagner au Bois, dit Férottes.

— Oh !... elle a la manie d'aller au Bois trop tôt ; j'ai horreur d'y arriver avant cinq heures.

— Ça n'est pas pour rester avec moi que vous vous êtes décidée ?...

— Pas du tout, cher ami. J'ai vraiment des visites à faire...

— Dont une chez moi.

— Oh! mais non!... pas aujourd'hui!...

— Et la raison, s'il vous plaît?

— La raison est que je suis très occupée, que nous allons à l'Opéra ce soir et que mon mari veut arriver pour l'ouverture...

— Ça vous amuse les ouvertures ?

— Si je ne faisais que ce qui m'amuse !...

— Eh bien, venez chez moi.

— Mon cher petit ami, je vous aime de tout mon cœur, mais je suis si fatiguée que je ne peux même pas me lever de ce fauteuil !

— C'est vrai, Thérèse, que vous êtes toute pâle !

— J'ai eu chez Séquin une séance éreintante. Ça a duré deux heures !

— Pauvre petite Thérèse ! Mais comme tu seras belle...

— On n'en sait rien !... Mais vous êtes gentil de me plaindre. Quand je dis à mon mari que je suis fatiguée d'avoir essayé, il ne me plaint jamais.

— Quand je serai marié, Thérèse, je ne plaindrai pas non plus ma femme. Un mari prudent ne doit croire qu'à moitié aux essayages...

— Oh !... vous, Férottes, vous serez un mari très désagréable ; vous ne croirez rien de ce qu'on vous dira.

— Pas un mot !

— Même si votre femme vous dit qu'elle vous aime ?

— Quand tu me le dis, Thérèse, je ne le crois même pas.

— Tant ça vous semble extraordinaire ? Alors je ne vous le dirai plus.

— Si, tu vas me le dire, au contraire. On n'y croit pas, mais c'est agréable tout de même. Je vais partir le premier, saute dans un sapin et accours te jeter dans mes bras.

— Férottes, n'y comptez pas !

— J'y compte absolument !

— Non, mon ami, je vous en supplie, pas aujourd'hui ! Je vous jure que je suis brisée.

— Eh bien... on causera ; on ne fera que causer ; on sera bien sages... Mais on sera toujours mieux que dans cet établissement où nous buvons du thé exécrable. Vous le trouvez bon ce thé-là, chère amie ?

— Ça m'est bien égal, pourvu que je ne bouge pas !

Mais Férottes est entêté. Du reste que ferait-il, lui, de cette fin de journée ? Il est trop tôt pour aller au cercle ; trop tôt pour s'habiller, trop tôt pour rien faire. Il se lève et cérémonieusement, salue Thérèse ; puis il s'en va.

Dès que la porte s'est refermée sur lui, Thérèse laisse ses traits se détendre ; elle paraît accablée d'ennui et un geste de lassitude profonde et de découragement lui échappe.

Cependant, au bout de quelques minutes, elle se lève à son tour et comme le disait Férottes tout à l'heure elle « saute dans un sapin » et file vers la garçonnière. Il faut bien se résigner !

Presque chaque après-midi, toujours à la même heure, Thérèse « saute dans un sapin », et la cérémo-

nie continue toujours la même. Oh! il n'y a guère d'imprévu dans leurs rencontres! Et, encore, Férottes a de l'esprit, il est gentil garçon, il n'est pas ennuyeux ; Thérèse frémit à la pensée que ce pourrait être un autre plus exigeant, et d'esprit lourd ! Alors... pourquoi ?... Ah !... mon Dieu, pourquoi ? Est-ce qu'on sait ? Parce que ça s'est trouvé comme ça : parce que, au début, l'aventure était tentante, que toutes les amies ont une aventure ; qu'on a une heure inoccupée et qu'il faut bien donner à son cœur l'illusion, au moins, qu'il n'est pas là pour rien du tout.

Et Thérèse traverse quelques rues familières. Pendant le quart d'heure de chemin qui la sépare de la maison de Férottes aucun spectacle du dehors ne lui est inédit. C'est, comme c'était hier, comme ce sera demain, la sortie du lycée, rue du Havre, la bousculade des enfants lâchés, heureux, courant au pâtissier : Thérèse les reconnaîtrait presque, comme elle reconnaît une petite mère attentive qui vient tous les jours à quatre heures, chercher son fils elle-même et, pleine de gravité, porte la serviette bondée de livres et de cahiers.

Souvent aussi, la voiture a dépassé cet employé qui rentre à pas menus, abruti par sa besogne du ministère. Plus loin, au parc Monceau, ce sont encore les mêmes figures ; ménagères et nourrices, enfants qui se traînent dans le sable, ouvriers sur des bancs, le nez dans un journal. Rien ne change.

Cette silhouette de femme, là-bas, qui traverse, elle l'a remarquée depuis quelquefois ; c'est une institutrice qui, ponctuellement, gagne la maison d'une élève. Cette autre, encore, elle l'a vue très souvent ; costume sombre et voilette épaisse ; des gants blancs très soignés, elle marche vite, les yeux baissés... c'est une amoureuse. Elle va à un rendez-vous... comme elle, comme Thérèse, à quatre heures... tous les jours à quatre heures !...

— Décidément, je m'arrangerai

pour aller chez Férottes le matin, pense Mme Mauvannes.

Mais, le matin, est-ce qu'elle peut ? Il y a le cheval, la promenade aux Poteaux, ou le footing avec les amis. Plus tard, après déjeuner, c'est une course, c'est un achat, c'est l'essayage, c'est ensuite et encore le Bois, mais en voiture... et les visites et les dîners !... « Trouvez donc le temps d'avoir une passion ! Comment faisaient nos mères ? »

Et, en arrivant chez Férottes, c'est tout cela que lui dit Thérèse Mauvannes. Ce n'est pas l'esseyage de tout à l'heure qui l'a rendue si lasse c'est la vie, c'est sa vie ! Elle apporte dans l'appartement correct, anglais, même sévère, de son amant, un air

d'incurable fatigue. A la voir ainsi défaite, une torpeur le gagne lui-même.

Il a été entendu qu'ils resteraient sages, qu'ils causeraient seulement ; et l'arrivée languissante de Thérèse prouve qu'elle n'a pas changé d'idée en route. Lui, n'insiste plus ; il offre un fauteuil et allume une cigarette... et on cause en bons camarades.

— Alors, dit Férottes, cette jolie Américaine que tu as rencontrée chez Séquin, elle est toute seule à Paris?...

— Toute seule. Son mari n'a pas le temps de venir.

— Sait-on si elle a un amant ?

— Probablement non... elle a le petit air dégagé, indépendant, d'une femme qui ne veut pas que sa vie s'embarrasse de choses inutiles.

— Merci, ma chérie !

— Et puis... elle voyage, donc elle est très occupée ; tout la distrait. Je suis sûre qu'elle trouve que les journées ne sont pas assez longues. Tu comprends, mon ami, une femme très occupée...

Férottes l'interrompt :

— Je comprends, Thérèse... je comprends trop !... Et tu es en train de m'expliquer que si tu étais obligée de donner des leçons toute la journée pour gagner ta vie, ou de faire des boutonnières, tu resterais la femme la plus vertueuse de la terre.

— Oh oui ! oh oui ! d'autant que, vois-tu, il me semble qu'en amour, le meilleur, ce sont les idées qu'on s'en fait, avant et les souvenirs qu'on en garde, ensuite... alors il faut avoir le temps de réfléchir.

— C'est donc pour ça qu'en me quittant dans dix minutes, tu te hâteras vers des visites, vers ton dîner, ton Opéra... que sais-je ?... agitée, pressée, en retard... pensant à tout excepté que tu es venue ici aujourd'hui...

— Soit... mais es-tu bien sûr qu'on s'aime, nous deux ?

L'aiguille de la petite pendule a tourné ; Thérèse remet ses gants.

Férottes lui tend son impeccable jaquette.

— J'espérais que tu me resterais un peu plus longtemps... tu avais renvoyé ta voiture.

— Parce qu'elle était très sale... un atroce sapin !... Entreras-tu à l'Opéra ce soir ?

— Mais oui, peut-être...

Elle s'en va. L'heure de l'amour est passée.

Et pendant qu'un autre sapin la conduit vers ses « visites », elle songe que, décidément, elle choisira le flot de rubans pour ses manches et qu'elle se fera faire une sortie de bal pareille à celle de Mme Pelham ; elle a les dentelles nécessaires dans ses tiroirs, le prix sera abordable.

Du reste le Dr Mauvannes gagne beaucoup d'argent... Aujourd'hui à quatre heures, justement, il faisait une opération importante.

— Pauvre garçon ! murmure Thérèse.

ÉVREUX, IMPRIMERIE DE CHARLES HÉRISSEY

www.ingramcontent.com/pod-product-compliance
Ingram Content Group UK Ltd.
Pitfield, Milton Keynes, MK11 3LW, UK
UKHW020344230726
13925UKWH00003B/948